L'HISTOIRE DE BENJAMIN LAPINOT

BEATRIX POTTER

PAR un beau matin, un petit lapin était assis au bord du chemin. Il s'appelait Benjamin Lapinot. Soudain, il entendit le clip clop, clip clop d'un poney. Il dressa ses grandes oreilles curieux. . .

Une charrette approchait sur la route; elle était conduite par monsieur MacGregor ; madame MacGregor était assise à côté de lui portant son plus beau chapeau.

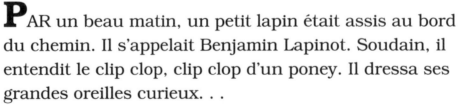

DÈS que la charrette se fut éloignée, le petit Benjamin
sortit de sa cachette et partit, avec un triple saut,
rendre visite à des parents qui vivaient dans le bois
derrière le jardin de monsieur MacGregor.

Ce bois était plein de terriers; et dans le plus propre
et le plus sablonneux de tous, vivaient la tante de
Benjamin et ses cousins : Pierrot, Plumeau, Garenne et
Varenne.

Madame Lapin était veuve; elle gagnait sa vie en tricotant des mitaines en laine de lapin. Elle vendait également des herbes, du thé de romarin et du tabac de lapin (ce que nous appelons de la lavande).

Le petit Benjamin ne tenait pas beaucoup à saluer sa tante, et pour ne pas être vu, il s'approcha du terrier en se cachant derrière le sapin ; il se heurta presque à son cousin Pierrot.

PIERROT était assis là, tout seul. Il n'avait pas bonne mine et n'était vêtu que d'un mouchoir en coton.

"Pierrot," dit le petit Benjamin à voix basse, "Qu'as-tu fait de tes vêtements ?"

Pierrot un peu honteux répondit : "Ils sont sur l'épouvantail dans le jardin potager de monsieur MacGregor ;" et il expliqua à son cousin comment il avait été poursuivi dans le jardin et avait perdu ses chaussures et sa veste.

ALORS le petit Benjamin s'assit à côté de son cousin et lui raconta qu'il avait vu partir monsieur et madame MacGregor en charrette ; il lui dit aussi qu'ils devaient être partis pour la journée car madame portait son plus beau chapeau.

Au même moment, ils entendirent la vieille madame Lapin crier de l'intérieur du terrier : "Garenne ! Garenne ! Va me chercher de la camomille !"

PIERROT dit à son cousin qu'il se sentirait peut-être mieux s'ils allaient se promener.

Et les deux petits lapins partirent patte dans la patte ; ils grimpèrent sur le mur au bout du bois. De là-haut, on surplombait le jardin de monsieur MacGregor. Et les deux lapins aperçurent la veste et les chaussures de Pierrot bien visibles sur l'épouvantail. Il était coiffé d'un vieux béret de monsieur MacGregor.

L<small>E</small> PETIT BENJAMIN dit : "Si nous passons sous la
barrière, nous risquons d'abîmer nos vêtements ; la
meilleure façon d'entrer dans le jardin est de se glisser
le long du poirier."

C'est ce que firent nos deux lapins ; Pierrot tomba la
tête la première ; mais ce fut sans mal, car la terre sous
l'arbre venait d'être ratissée et était plutôt molle.

Des laitues avaient été plantées récemment.

UNE fois dans le potager, le petit Benjamin dit que la première chose à faire était de récupérer les vêtements de Pierrot, afin qu'ils puissent utiliser le mouchoir. Les deux jeunes lapins laissèrent des traces de pattes étranges un peu partout sur le terrain, surtout Benjamin, qui portait des sabots.

Puis ils déshabillèrent l'épouvantail. Mais comme il avait plu pendant la nuit il y avait de l'eau dans les chaussures de Pierrot, et sa veste avait un peu rétréci.

BENJAMIN curieux essaya le béret, mais il était trop
grand pour lui.

Ensuite, il proposa à son cousin de remplir le
mouchoir d'oignons, afin de les offrir en cadeau à
madame Lapin.

Pierrot lui, ne semblait pas s'amuser ; il était inquiet
et entendait des bruits.

Benjamin, au contraire, était tout à fait à l'aise et
mangea une feuille de laitue.

IL expliqua à son cousin qu'il avait l'habitude de venir dans le potager avec son père, chercher des laitues pour leur dîner du dimanche.

Le papa du petit Benjamin s'appelait monsieur Benjamin Lapinot père.

Les laitues étaient très bonnes.

Mais, Pierrot ne mangea rien; il dit qu'il voulait rentrer chez lui.

Et tout en parlant, il trébucha et fit tomber la moitié des oignons du ballot.

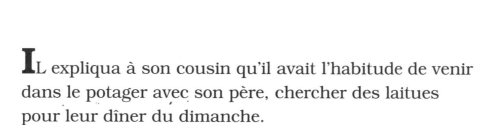 13

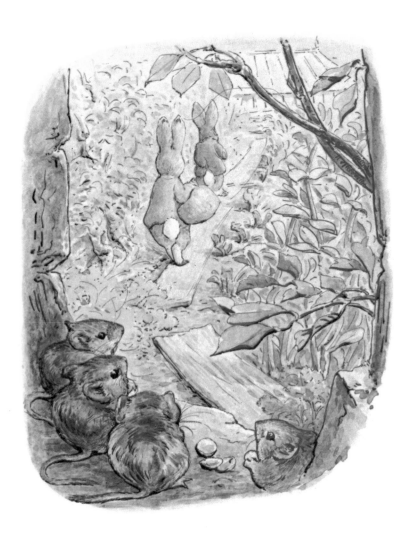

BENJAMIN expliqua qu'il était impossible de remonter par le poirier avec les oignons. Alors les deux petits lapins se dirigèrent vers l'autre bout du potager. Ils suivirent un petit sentier fait de planches, sous un mur de brique ensoleillé.

Les mulots, assis sur leur palier, en train de casser des noyaux de cerises, firent un clin d'oeil à Pierrot Lapin et au petit Benjamin Lapinot.

PEU APRÈS, Pierrot fit de nouveau tomber le mouchoir.

Les oignons roulèrent parmi les pots de fleurs, les châssis et les bacs ; Pierrot entendait de plus en plus de bruits et ses yeux étaient ronds comme des billes tellement il avait peur !

Il précédait son cousin de quelques pas et brusquement il s'arrêta le poil hérissé.

Et voici ce que nos petits lapins venaient d'apercevoir au milieu du chemin. . .

15

UN CHAT ! Benjamin jeta un coup d'oeil autour de lui, puis en moins de temps qu'il ne faut pour le dire, il se cacha avec Pierrot et les oignons sous un grand panier. . .

La chatte se leva, s'étira et vint renifler le panier. Elle n'avait pas vu les lapins, mais peut-être aimait-elle l'odeur des oignons ?

Quoi qu'il en soit, elle s'installa sur le panier.

16

ET elle resta assise là pendant cinq heures !

*   *   *   *   *

Je ne peux pas vous décrire la mine que faisaient Pierrot et Benjamin sous le panier parce qu'il y faisait très sombre, mais ils étaient très malheureux. Et l'odeur des oignons était si forte qu'elle fit pleurer nos deux petits prisonniers.

Puis le soleil disparut derrière le bois car l'après-midi était très avancé ; mais la chatte était toujours assise sur le panier.

17

AU bout d'un long moment, on entendit un bruit de
pas et quelques morceaux de mortier se détachèrent du
mur du potager.

   La chatte leva les yeux et vit monsieur Benjamin
Lapinot père se dandiner au sommet du mur du potager.

   Il fumait une pipe de tabac de lapin et tenait à la main
une petite baguette.

   Il cherchait son fils.

LE vieux monsieur Lapinot avait horreur des chats.

Quand il vit la chatte, d'un bond, il se jeta sur elle et la chassa du panier puis, d'un coup de patte il la poussa dans la serre, tout en lui arrachant une touffe de poils.

La chatte fut beaucoup trop surprise pour le griffer.

APRÈS avoir chassé la vilaine chatte dans la serre, monsieur Lapinot père en verrouilla la porte.

Puis il revint vers le panier, le souleva, attrapa son fils Benjamin par les oreilles et lui administra une fessée avec sa petite baguette.

Ensuite, il fit sortir son neveu Pierrot puis il prit les oignons enveloppés dans le foulard et sortit du jardin potager en poussant les deux garnements devant lui.

Lorsque monsieur MacGregor rentra chez lui, environ une demi-heure plus tard, il remarqua dans son potager plusieurs choses qui le troublèrent.

Il lui sembla que quelqu'un avait marché dans le jardin avec une paire de sabots — mais les traces de pas étaient vraiment petites pour un homme ou même un enfant !

Puis, il ne réussit pas à comprendre comment la chatte avait pu s'enfermer à l'intérieur de la serre et verrouiller la porte de l'extérieur.

LORSQUE Pierrot arriva chez lui, sa maman lui
pardonna ses bêtises, parce qu'elle était très heureuse
qu'il ait retrouvé ses chaussures et sa veste. Garenne et
Pierrot plièrent le mouchoir, et madame Lapin attacha
les oignons ensemble et les suspendit au plafond de
la cuisine avec les bouquets d'herbe et le tabac
de lapin.